KB129991

무릎

책 만 드 는 집   시 인 선 0 5 7

무릎

정온유 시집

책만드는집

시를 좇으려 하면 시는 멀게 있고
시를 떠나려 하니 오히려 시가 나를 찾았다.
그래서 나는 시를 기다린다는 핑계로 철저히 게을러지기도
했던 것 같다. 게으름은 시와 내가 한몸임을 증명하기 때문
이다.
그 게으름 속에 웅크리고 있는 나를 발견할 때마다 시의
자비는 어김없이 찾아와 주었다.
그때 나는 내가 시를 좇아가는 것이 아니라 시가 나를 데리
고 간다는 것을 알게 되었다.

등단하고 십 년,
첫 시집 원고를 넘기고는 두렵고 떨림이 극에 달하여 어디
론가 도망치고만 싶더니 시간이 지난 지금은 차라리 무덤덤
하다.

시,
그것 참―!

오늘 서재 창으로 들어오는 바람이 나를 또 끝없이 게으르게
할 참이다.

―2014년 8월 끄트머리 즈음

정온유

| 차례 |

2부

3부

4부

1부

무릎

무릎은 신이 주신 겸손하란 가르침
마디마디 모두 꺾어 웅크려 모으는 일
신 앞에 나를 낮추어 모두 내어드리는 일.

비바람 가로지를 때, 비로소 사람은
온몸을 접고 접어 공글리고 작아진다
세상을 제 마음대로 쏘다니고 그래봤댔자.*

관절 꺾인 모습들이 아름다워 보일 때는
새벽녘 예배당에 모여 앉은 무릎들
뼈마디 죄다 꺾고 붙여, 마음까지 꺾고 붙여.

* 정진규 『질문과 과녁』 「만들 것인가, 발견할 것인가」에서 인용.

다도 시간

찻잔을 받든 손에 생각 틈이 고이고
뜨거운 찻물이 겨를을 타고 흘러들어
한 모금 녹빛 게으름이 나른하게 고인다.

차茶를 왜, 타지 않고 우려낸다 하는지……!
몸 불리는 찻잎들의 춤사위를 바라보며
차향의 잿빛 묵언에 생각까지 젖어든다.

곱게 내린 저녁 빛이 코끝에 쌉쌀하여
설익은 언행들이 시나브로 길 떠나고
비워진 찻잔 가득히 고요만 남는다.

그리운 바다 일기

아무리 뒤척여도 그대는 먼 곳,

비릿한 바람 한 입

모세혈관 타고 흘러

굽이쳐 흘러든 길은

노을빛에 물듭니다.

항구와 나는 서로에게 취하는데,

그리운 모습은

돌아올 줄 모르고

싱싱한 바닷바람만

푸른 영혼 쓰다듬습니다.

오지의 나를 찾아서

빌딩 숲을 활보하던 하루가 지나고
너덜거린 몸뚱이를 다독여줄 나를 찾아
마음속 좁다란 길을 조심스레 나섭니다.

어둡고 조용한 길 끝, 동그란 방 안에
차디찬 공간에서 웅크려 앉아 있는
새까만 그 눈동자가 유난히 맑습니다.

눈 감으면 파도처럼 밀려오는 내일들이
가위처럼 무겁고 힘겹게 짓눌러도
아침은 늘 가까이에 나를 기다립니다.

들꽃 감상

갈색 땅
잡풀에 묻혀
티도 안 나
몰랐다.

발꿈치가 간지러워
디딘 땅 내려보니
생명이 아지랑이처럼
시나브로 와 있었다.

하늘만 그리느라
눈 들고만 살아서
고 작은 속삭임에
귀먹어 있었던 나,

소박한 작은 웃음들이
나를 자꾸 비웃는다.

봄비

비님이 내립니다 오전 내내 하염없이.
헝클어진 세상을 가지런히 빗질하듯
라일락 꽃빛 틈으로 고요히 오십니다.

그리움 가득 안은 마음의 행간들이
투명한 언어로 꽃잎처럼 내려와
가만히 그대 안부를 흘려두고 갑니다.

빗줄기 하나에 상처 하나 지우며
하늘이 머리를 쓰다듬어 주는 동안
지구는 시간 밖까지 착해지고 싶습니다.

낙조

예수의 가슴 하나가 떨어져 나간 자리에

부끄러운 내 기억이 거짓 없이 드러나고

해안의 검은 선 따라 시간이 선명합니다

어둠에 감긴 몸, 한 올 한 올 풀어놓을까……,

물 주름 주름마다 겹겹이 기도가 되고

주홍빛 물든 내 영혼, 별이 되어 빛납니다

물빛 고운 사연들이 알알이 반짝이고

억겁의 시간 속 빛과 소금의 말씀들

믿음의 잔뿌리들이 단단하게 내립니다

3월의 기도

다 해진 아파트 좁다란 골목에도
연둣빛 새싹이 고개를 내밉니다.

찬 바람 꽃샘바람은 이제 그만 거두세요.

늦겨울 끝자락에 매달린 미련일랑
잘 익은 햇살에 은빛으로 묶어 보내고
이제는 산수유 향기가 휘돌게 하세요.

그 작은 꽃잎마다 머금은 봄빛들이
내가 부를 당신을 위한 노래입니다.

따뜻한 햇살 현絃으로 연주하게 하세요.

등산길에서

한겨울 산등선에 꽃을 피운 바위 하나
새끼 품은 어미처럼 그 모습이 성녀 같다.

수천 년 세월을 이긴 견고한 둥지 안.

—어디서 날아왔을 고 작은 씨앗 하나를
소소리바람에도 날 서는 폭설에도
견디고 끌어안아서 이렇게 피워냈겠지.—

노란 망울 꽃잎이 어느 이의 기도처럼
아늑한 틈 사이를 촛불 되어 밝힌다.

지상의 착한 이를 위한 거룩한 방 하나.

사곳*에서 온 포토 메일

띵~동~!
핸드폰 액정에 불이 켜진다
바닷가 모래밭에 쓰여진 내 이름자가
최북단 서해 사곳에서
상처 없이 나직이 왔다

흩어졌던 그리움들이 모여서 이룬 결실
내 생生의 도로가 저리 견고할 수 있을까
가슴속 활주로에서
달려온 저 믿음―!

켜지는 건 핸드폰 액정뿐만 아니다
빈 마음에 숨겨둔 오래된 외등 하나가
복사꽃 환하게 터지듯
눈 시리게 켜진다 지금

* 백령도에 위치한 해변 이름. 비상시 비행기 활주로로 쓰인다.

새벽 기도

새벽이 온다는 것은,
신께서 내게 들어와

지워진 길 위에 등불 하나 밝히는 것,

없던 길 온 마음 다해 지어내는 것이다.

소화불량

언어 하나 명치끝에 걸려 헛트림만 나옵니다.

그대를 이해하는 것,
꽃밭 가득 말씀 피우는 일,

늦은 밤 잠 못 이루고 가슴만 쓸어내립니다.

산수유

가장 먼저 봄을 알린 산수유 꽃망울이

햇살을 하나씩 발등으로 떨굽니다

지나온 추운 겨울이 기절하듯 들어가고,

땅속으로 아프게 길을 내는 이른 봄

꼭 다문 작은 입술 보고서야 압니다.

상처가 만들어낸 길,

환장하게

노.오.란.

어느 여름 한낮,

낡고 긴 탁자 위에 늘어진 시간이

지루함을 못 견디고 스르르르 흘러내려

엎드린 내 몸뚱이를 토굴처럼 덮는다

방 안엔 여름 한낮, 관절이 풀어지고

단단한 근육마저 헤살대는 낮 빛으로

나른한 강을 건넌다 정오가 엷어진다

창밖의 아이들 재잘대는 소리들이

희미한 안개 속으로 아득하게 사라질 쯤

하루치 뙤약볕들이 중력을 잃고 헤맸다

설익은 마음 틈새로 홍해가 흘러들고

육체 떠난 내 영혼이 돌아올 즈음엔

하늘뜰 먼 길 속으로 내 사랑을 본 듯했다

엄마의 위로

생각만 하여도 위로가 되는 이름!
환갑이 다 지난 노모는 아직도
생활비 벌어 쓴다고 거리 청소 하신다.

건강할 때 일해야지 놀면은 뭐하냐고,
일이 아주 즐겁다며 "괜찮다" 하면서도
괜찮다 말 끝나기도 전, 코 고는 곤한 소리.

유난히 피곤 안고 퇴근하던 어느 날
집 앞 큰 행길가에 일하는 엄마 보곤
운전대 잡은 손목이 힘없이 떨려왔다.

그 후로도 몇 번을 엄마 모습 보았는데
그때마다 엄마는 백미러로 사라지고
괜찮다, 기운 내라는 위안만 울려왔다.

내 이름은 솔롱고스*

　무지개 꿈을 좇아 몽골에서 왔어요. 하지만 빌딩 사이 휘도는 바람과 화려한 네온사인, 시청 앞 허공에서 나를 더욱 고립시켜요.

　가슴에 품은 꿈은 젖은 빨래처럼 무겁고 설움은 자꾸만 땟국물로 찌들어요. "병신 새끼 그것도 못 해?" 동료들의 욕지거리는 칼로 베인 자리처럼 핏물로 끈적거리고 월급날 사장님의 "돈 없어!" 이 한마디에 가슴 한켠 머문 하루가 조금씩 아파와요. 내 꿈은 서울의 빌딩처럼 높지도, 네온사인 불빛처럼 화려하지도 않아요 소나타도 필요 없고 멋진 식당에서 밥 먹지 않아도 좋아요 욕하지 않고 월급날 꼭 챙겨주는 한국 사람 그리워요. 오늘은 햇살 좋은 창가에 눅눅한 마음 꺼내 널어요.

　무지개 보이지 않아도 행복한 하루 되고 싶어요.

* 몽골어로 '무지개'.
** 뮤지컬 〈빨래〉 감상 시.

오십견

해 질 녘 붉은 노을
어깨를 휘감으며
내찌르는 날카로운
칼날의 신음 소리

아득한 뼛속 깊숙이
가여운 기억들

생의 반쯤 걸어온
고단한 날개가
푸드득 푸드드득
제 힘을 다하려고

애쓰며 들어 올리는
그 갸륵한 시간들

2부

가을 문상 問喪

은행나무 아래 낡은 구두 한 켤레 버려져 있다
행길을 뒤로한 채 돌아선 늙은 마음을
마을 앞 지나온 저녁 비가 소슬히 덮고 있다.

살아서 걸어온 길 모두 끊어버리고
뿌리 위에 기대고 누운 편안한 저 침묵
성소聖所에 들어가는 듯 생각이 깊어 있다.

하늘로만 솟구치던 노오란 은행잎도
젖어 있는 돌담길을 조등처럼 밝힌다
상주喪主도 문상객도 없는 가을의 뒷모습.

바람이 불 때마다 지워지는 몸을 끌고
눅눅한 신발들은 버스를 타고 떠나지만
수묵의 푸른 시간 속, 들국 향기 환하다.

침묵의 소리
-용기포 등대*

말 없는 느낌표를
마음 끝에 찍어두고
서해 바다 저 멀리
던진 그의 뒷모습에
허기진 그리움들이
허옇게 출렁입니다

하늘과 맞닿은
머나먼 해안선에
일찍이 묻어둔
그윽한 빛살들은
이제는 낡고 희미해
고요만 지킵니다

묵묵한 헌신들이
비바람에 깎이고
내 어머니 삶처럼
둥글게 늙어가는

등대의, 말없는 기도는
성자의 모습입니다

* 1960년대까지 서해를 밝히던 등대. 현재 군사 지역으로 민간인 출입이 어렵다.

가을이 오고 있다

빙 두른 산들이 어깨를 나란히 한다
하늘도 땅도 모두가 동그랗게 앉은

걸음을 조금 늦추는 자리

그림자가 붉어진다

흰머리

오래된 생각들이 다 자란 마음의 뿌리

나직이 울어대던 마음의 겨를들이

생애에 빛 자락으로 가지런히 정리된다

지나간 시간들이 물결처럼 흘러내려

내 안에 우주가 한 올 한 올 심어지고

눈부신 햇살 속으로 황홀한 그리움 몇 개

새해 일기

안개 속에 가두어둔 생각들이 몸을 씻는,
그렇게 시작되는 우리의 새날 아침
시간의 동공 속에서
낮아진 생각을 봅니다

그대가 심어놓은 한 그루 꽃나무가
어느새 자라서 마음 품은 열매 되어
자꾸만 꽃술을 열며
내 몸을 간지럽힙니다

'기다림은 얼마나 신성한 일인지……!'
한 잎 두 잎 꽃망울 터질 때에서야
비로소 위로가 되고
깨달음은 너무 늦습니다

칠 벗겨진 대문 사이로 늘어진 능소화
촉촉이 젖어 수줍은 그 눈빛 틈으로
하늘빛 겸손한 사랑이
조심스레 흐릅니다

미리 본 영정 사진

혹시 몰라 미리 찍어두셨다는 영정 사진을
보여주시는 엄마 나인 예순네 살이신데
사진 속 얼굴 모습이 내겐 낯설기만 하다.
분홍색 한복을 곱게 차려 입으시고,
고데 한 머리처럼 단아하게 빗어 넘긴,
어머니 그쪽 세상에 미리 앉아 계신 것이다.
언젠가는 유서도 미리 써놓으셨는데,
말도 없이 저렇게 준비하고 계신 걸까,
길 떠날 채비 하시며 무슨 생각 하셨을까.
가슴 끝 깊은 곳에서 묵혔던 언어들이
점점 깊어지는 어머니 눈에 닿는다.
켜켜이 쌓이는 세월, 낯선 얼굴 거기 있다.

8월의 엽서

창공이 팽팽하게 튕겨지던 어느 오후,
택배 직원이 다녀가고
내 앞에 놓여진
백 송이 노란 장미가 노래를 불렀지

안 그래도 쓸쓸한 생일을 보내고
무료하던 시간에
비밀 잔치라도 벌이는 듯,
방 안은 금방이라도 음표들이 춤출 듯했어.

행복이란, 이렇듯 뜬금없이 오는 건지,
내 하루 골목에 등불 하나 환해지고
달아나 헤어진 마음들이 한꺼번에 돌아오는,

볼록거울

차가운 선線들이 투명한 낯빛으로 이어진 그리운 이야기를
보다가 나는, 세상의 날 선 눈들을 생각한다 문득.

때때로 직진 말고 돌아서도 가볼 일이다
단 한 번에 그은 선 말고
조심스레 긋고 그어
휘어진 마음 하나에 온 정성 다 쏟는 일.

허름한 집들도 거만한 빌딩도 그 속에선 다 똑같다 구부러
졌다 겸손하다 고개를 쳐들며 가는 저 여자 코가 납작해졌다
(ㅎㅎㅎ)

유치乳齒 뽑던 날

마흔이 훌쩍 넘어 송곳니가 젖니라는
어이없는 사실에 통증까지 애잔한데
사십 년 사용했으면 많이 사용했다면서
의사는 잡초 뽑듯 야무지게 뽑아내어
살점이 붙은 이를 휴지통에 버린다

내 생의 어느 하나가

무심해진 듯

서운하다

서랍 속 예수

남아 있는 생각들을 하나씩 정리한다

쓸쓸해지기 위하여 길 나선 마음 끝에

구겨진 종잇장처럼 예수 하나 던져져 있다.

내 속에 '나'로만 너무 가득 채운 탓,

더께 낀 시간들을 정성스레 밀어내고

가볍게 들어 올리는 순수한 그 소리

굽이치는 파도 속 잔잔한 바다처럼

정제된 시간을 찾아 기도를 올리면

마음속 어디쯤에서 날 깨우는 은종 소리.

금산 가는 길
−산내길에서

십 년 만에 연락 닿은 친구에게 가는 길
다 가서 헤매어 다른 길로 들어섰다
산내길 비포장도로 플라타너스 터널.

이파리에 매달린 부신 햇살 바라보며
목적지를 못 찾아도 좋다고 생각했다
때로는, 아닌 길이라고 돌아설 일 아니다.

애시당초 길이란 정해진 것 아니니
가슴에 길 만들어 가고 있는 동안에
꽃잎도 날 위한 그늘 흩뿌려 놓겠지.

애써 걸음을 재촉하지 말고 가자
갓길에 차 세우고 잠시 쉬는 자리에
하루의 옆모습인 양 빛 그림자 평온하다.

바람이 누운 자리

옷깃을 여미어도 살갗을 파고듭니다.
하루의 가장자리에서 휘돌아 나오는,
바람은 가지 끝에 달린
마지막 이야기입니다.

참았던 말들을 길바닥에 쏟아부으며
가을을 채우는 말, 말, 말, 많은 말들,
바람이 누운 자리에
긴 그림자 따뜻합니다.

마음 벗은 생각들이 뒹구는 계절 위로
어스름 불빛 아래 모여 모여 수런대는,
바람은 언덕을 넘어
그대에게 가 닿습니다.

8월, 감나무

-익명 게시판

설익은 햇살들이 주저리 열린 가지 끝에
떫떠름한 말들이 주렁주렁 매달렸다
여름이 들어갈 틈도 없는 서슬 퍼런 입술들.

바람이 다녀간 흩푸른 자리마다

그녀의 눈물이 죽음으로 가둬두는,

목숨을 삼켜버린 그,
떫은 망언들.

그 깊은 고요
-어머니의 바다

침상에 누우신 고요한 바다 어머니.

평생 몸을 아끼지 않던 어머니 팔이 부러졌다 자식들 걱정
한다고 아무에게도 알리지 않고 혼자서 수술대에 누우셨다,
어쩌면 영원히 잠들어버릴지도 모르는 마취제를 맞으면서도
마른입을 달싹이지 않았다…… 아무도 기다리지 않는 빈 침
상에서 잠을 자고 난 듯 어머닌 눈을 떴겠지. 그리고 아무도
없는 줄 알면서도 눈을 굴려 병실 흰 벽을 훑었겠지 희뿌연
병실에서 희뿌연 기억 속에 희뿌옇게 지나가는 자식들 얼굴
을 떠올렸겠지 그리고 희뿌연 시야를 감추기 위해 다시 잠을
청했겠지. 그러셨겠지…… 병실 침상 긴 폴대에 매달린 링겔
수액이 어머니 몸속으로 들어간다.

바다는 깊은 곳일수록 파도가 없다.

내 몸의 일부가 나를 떠날 때

손 닿지 않는 등이 가려워
엄마에게 긁어달라니
머리카락 있다며 떼어서 버린다
기다란 생각 한 올이
떨어진 등짝, 시원하다

내 몸에 붙어 있는 숱 많은 근심보다
떨어진 마음 하나가 온 신경을 붙든다
늦가을 가지를 떠난
낙엽의 마른 잠처럼.

─가는 날, 못다 한 유언이 남았는지
눈을 감지 못하고 입술만 꽉 다문 채
한생을 서늘히 놓았던
십수 년 전 아버지……─

희미한 아픈 기억이
조용히 사라진다

작은 바람 부는지 밤기운이 차다
지리한 여름 장마는
이제 내게 멀어진다.

그림자론論

다소곳한 그림자에 헤벌어진 그림자가
닿을락 마알락 아슬히 비껴간다
낯설은 무릎이 싫어 움찔움찔 피하는데
코 골며 늘어진 그림자가 스르르르……
허릴 꺾어 오른쪽 내 어깨 위로 쓰러진다
뿌리쳐 피하고 싶어 벽 쪽으로 달싹 붙는다

양 갈래 계집아이 스멀스멀 비집고 와
피곤히 누운 그림자 무릎 위에 눕는다
추스른 그림자 속으로 딸인 듯 파고든다

하나 된 그림자 보며 생각 속이 정리된다
'사랑은,
내가 그 안에
그가 내 안에
있다는 것,'

바다는 나를 싣고 지금,
그의 그림자로 가는 중이다

다림질

흰 남방 위로 짜글짜글한 여름들이
갈 길을 잃은 듯 등판 위에 흩어져
구겨진 내 마음처럼 어지럽게 헤맨다.

버리지 못하고 쌓아둔 묵은 말들을,
뜨거운 입김으로 훅―훅― 불어내며
막힌 둑 허물어내듯 다림질을 한다

앞다투어 달아나는 속내들을 밀어내고
서릿발, 차갑던 언어들도 녹이고
해종일 햇살 알갱이만 내려와 앉았으면…….

가슴 밑바닥 눌어붙은 낱말들이
빈 하늘에 헹구어 투명한 물빛으로
낮 동안 가뿐해지라는 신성한 행위들.

3부

묵음默音 1

집 앞, 인도 공사 중,
보도블록 뜯어낸다
먹뙤알빛 파인 얼굴
쏟아지는 땀방울
버무려 다진 흙들이
새것으로 날 것이다

땀 한 방울 아끼느라
소홀히 지나온 길
누군가 마음 부리에
넘어지지 않았을까
귀 열어 듣지 못하는
경보등이 울린다

봄 편지

허락도 없이 그대에게 길 하나 엽니다

꼬물꼬물 몸 비틀며 내미는 고개 위로

선잠 깬 연둣빛 바람 미명 사이 붑니다

아침 귀는 환해져서 새벽에 뒹굴다가

서늘한 틈으로 흘러드는 마음 하나에

화들짝 놀란 새처럼 눈부심을 맞이합니다

다부진 생각들이 자라나는 고요에

눈 감으면 길은 더 가까이에 와 있고

하얗게 흐드러진 웃음, 그 끝에 그대 있습니다

영혼이 씻겨지는 그 착한 시간에

축복처럼 햇살 알갱이들 와르르 쏟아져

몸 다 연 그리움들이 서둘러 길을 나섭니다

친정 가는 길

바람이 펼쳐놓은 악보의 음계 따라
화음을 싣고 있는 상수리 나뭇잎이
어머니 마른 손등처럼 까슬하게 곱아 있다.

내 그림자만큼 길게 늘어진 그리움이
잘게 접혀져 붉은 입술을 꼭 다문 채
내딛는 발자국 소리만 더 깊어지는 저녁

콤팩트만 한 크기의 하루를 꼬옥 쥐고
주머니 속 꼬깃꼬깃 눈이 아픈 오남리 길,
엄마의 울퉁불퉁한 종아리 혈관 같다.

나무는 가진 것 모두 벗어버리고도
쫘르르 햇살 쏟으며 몸으로 창을 내는데,
메마른 등뼈 같은 길, 제 모습을 감춘다.

그늘

그늘은 빛의 힘이다 시들지 않는 위대함이다.

연초록 바람 서너 평, 텃밭 가득 미끄럼 타던 날, 아이들 어깨 위로 햇살들이 튕겨지던 날, 빛은 내게 더 깊은 그늘을 만들었고 그늘은 오히려 내게 큰 위로가 되었다 갈매기 등줄기 같은 먼 산 능선은 더 깊은 골짜기를 만들어 가장 짙은 그늘 속에서 만나, 다시 다음 능선을 이어 간다는 것을 알게 되었다.

지금쯤 내 몸 어디에 세포 하나 틔고 있다.

몸살 유감

카페는 생각보다 한갓지고 따뜻했어

내 몸에 감긴 겨울을 풀어 녹이고 있는데

보송한 얼굴 둘이서 줄담배를 피우지 뭐야

희뿌옇게 눌어붙은 시간과 공간들이

폐부에 갈기갈기 채찍을 가하더군

끝내는 내 가슴팍이 박살이 난 거야

아픈 가슴 달래는 덴 맞바람이 최고라며

내 목줄 씻긴다고 들이마신 밤공기에

오히려 내 몸뚱이가 곪아서 터진 거야

끈덕진 오물들이 몸 밖으로 나올 때마다

토하도록 뽑아내도 피 나는 건 내 속뿐

바람은, 그저 바람일 뿐 상처만 남았지

묵음黙音 3
-늦가을 하나

아마도 밤사이에 일어난 일인 게지.
집 앞 도로 한복판 고양이 시체 하나.
레미콘 트럭 지날 때 한 번 들썩였을 뿐.

달아난 바퀴 사이로 시커먼 종이 한 장,
청소부 빗자루에 낙엽처럼 쓸려버린,
내각리 47번 도로, 바람만 차갑다.

외박한 사내들처럼 겸연쩍은 버스 정류장,
긴 그림자 희멀겋게 서 있던 사람들을
크르릉, 버스 한 대가 삼키고 달아난다.

푸른 새벽 느릿느릿 헐거운 수의囚衣를 입고
철마산 줄기 자락에 서서히 내려선다.
늦가을, 램프 빛 미명, 들꽃머리에 앉는다.

물꽃이 지는 자리

하늘도 가끔 심심할 때 있는지
지붕 위에 쌓여 있는 햇살을 거둬 가고
한차례 퍼부을 심사로 뭉쳤던 구름 터트립니다

노인의 손등처럼 구깃구깃한 마당
수틀 같은 울타리를 팽팽하게 잡아당겨
드디어 바늘 된 빗물로 수繡를 놓기 시작합니다

봉당엔 보낸 인연만큼 운동화 끈이 풀려 있는
바람만 주인이던 이 빈집 적막을
하늘은 한 땀씩 정성 들여 꽃을 피워냅니다

마당 가득 물빛으로 꽃밭을 이루다가
피자마자 지는 것이 못내 아쉬운 물꽃은
씨알의 잔소리 깨워 봄을 불러옵니다

길 위의 집

화살처럼 날아간 길
저녁에 닿아 있다
꽃은 피고 지고
새들은 노래하다 갈 뿐
아무도 머무르지 않아,
비어 쓸쓸한 둥지.

길 위의 집이란
믿음과도 같은 것,
세상의 모든 길이
한데 모여 기도할 때
사람은 하늘 길을 낸다,
창문도 열어둔다.

누구나 가슴에
젖은 길 한두 개쯤,
뜨거운 언어를
한 올 한 올 풀어내어

창 많은 사람일수록
집집마다 달을 띄운다.

복수초*

이른 봄 눈 녹이며
당차게 돋아 있다
뿌리 끝 뜨거움이
금빛으로 필 때까지
신 앞에 두 손 모으고
가슴에 등불을 켠다.

긴 아픔 견뎌내고
가슴 활짝 열어젖힌
북풍도 이쯤이면
그 앞에 잔잔해지리.
소망의 저 잔들 앞에
말씀들이 피어 있다.

* 이른 봄 얼음을 뚫고 황금빛으로 피는 꽃으로 '얼음꽃'으로도 불린다.

시간 밖에서

비가 내립니다 오래도록 그대를 기다립니다 잠도 자지 않고 기다립니다 기다린다는 것조차도 잊고 기다립니다

빗금으로 온통 낡아버린 골목길에 하얀 발자국을 질서 없이 늘어놓습니다 심장은 나를 고립시켜놓고 멀어져 갑니다 골목길에 마주 선 벽들이 뒤로 물러섭니다 먼 시간으로 돌아가는 비 그림자 발자국이 더 분주해집니다 기다림은 벼랑 끝에 와 있습니다 주변이 낯설어집니다 마치 지독한 몸살을 앓고 난 다음 날 거울 속에 비친 내 모습처럼 어젯밤 밤새 달빛을 품었던 감나무 겨드랑이의 움직임이 낯설고, 골목 귀퉁이에 멋쩍게 서 있는 전봇대가 낯섭니다 행길로 이어진 젖은 골목길이, 4차선 도로에서 시뮬레이션처럼 움직이는 수많은 군중들이, 말발굽처럼 우르르 달아나는 고요가 낯섭니다. 빗물이 점점 차가워집니다 기다림은 이제 소멸되고 나는 '나' 자신 밖으로 나와서 서성입니다.

그대를 기다리는 나는, 나조차 잃고 맙니다.

오후 2시의 화석

오후 2시,
내 몸은 섬이 되어갑니다

수천 개의 손들이 더듬습니다
머리칼 한 올에 머물러 반짝거립니다
잠시 파장을 일으키며 사라집니다
잘 익은 햇살 두어 개가 파랑주의보로 찰싹입니다
뿌리를 깊이 내릴수록 관능적인 몸놀림
솔숲 향 짙게 깔린 이브의 겨드랑이,

꽃다이 늙어가는 섬
데드 메타포가 두렵습니다.

그럴 수 있어

마음 길이 닫혔는지
별것 아닌 일에도
꽤씸하고 서운하고
세상일이 마땅찮다.

생각을 다독이는 게
뭐 그리 대수라고.

어깨에 떨어진 먼지쯤 털어내듯
'그럴 수 있어'
툭, 툭, 쳐내기로 마음먹자.

말끔한 너그러움이
그대로 흘러가도록.

봉선사*에서

크낙새 울음을 하늘 위에 찍어두고
소리산 골짜기는 또 한 사람을 묻는다
봉선사 범종 소리가 솔숲을 깨우는 저녁

하늘도 외로운지 개밥바라기 두어 점……
조각난 햇살들이 부산하게 숨어들고
새소리, 여문 물 물고 와 박꽃 하나 틔운다

눈 뜨고는 갈 수 없는 다비茶毘의 먼 주소에서
연꽃 되어 앉아 있는 누더기의 이름 없는 생生
큰스님 독경 소리가 소리봉 끝 저리 뜨겁다.

* 경기도 남양주시 진접읍에 위치한 사찰.

70

오래된 의자

낡고 쓸쓸한 마음들만 내려서는 간이역
더께 낀 세월을 안고 의자 하나 앉아 있다
바람이 불어올 때마다 관절이 투툭, 꺾인다

살아서 가졌던 빛깔과 제 무게들
이제는 바래고 깊을 대로 깊어져
엎드려 꿇어앉은 등이 성자聖者의 모습이다

떠나는 누군가를 위해 기도한 적 없고
돌아오는 누구 위해 노래한 적 없지만
지친 삶 곤한 다리를 쉬게 하던 낡은 의자

칠 벗겨진 흉한 내 몸도 길 끝에 서게 될 때
너를 위한 빈자리 남겨둘 수 있을까……
밤이면 달빛 몰래 내려와 느릅나무 곤한 잠 잔다

수국 아래서

내 안의 물빛 종소리 알아듣지 못하던 날,

울타리 아래에 수국이 만발한 칠월, 여우비 잠깐잠깐 지날 때마다 사이사이 햇살이 눈부시게 내려와 손톱만 한 꽃잎에 앉아 있던 한나절, 꽃술에 투명하게 궁굴려 있던 빗물이 세상 하나 까무러치듯 절벽 아래로 낙하하던 날, 주먹만 한 꽃잎이 명치에서 기절하던 날, 세상이 와르르 발등으로 쏟아지던 날, 수국은 볼마다 부끄러운 홍조 띠며 자박자박 꽃그늘 아래 내 발자국 소리를 받아 적었다. 그럴 때, 귀 기울이지 않아도 들려오는 연푸른 소리에 빗줄기보다 더 많은 방울들이 수국수국 내 속에서 피어나는 것을 보았다 꽃잎들이 연자줏빛에서 하늘색으로, 하늘색에서 연한 홍색으로, 홍색에서 미색으로 서서히 넘어가는 그 사이, 보이지 않고 들리지 않는 색과 음과 소리가 더 많이 있음을 알았다. 여우비 지나간 뜰 안 잠시,

여름이 알몸뚱이로 수국수국 앉았다.

부레옥잠

무너진 담장 아래 항아리 속, 부레옥잠
졸린 눈 애써 비비며 파들파들 피었다
아침 해 한 덩어리도 깨끗하게 담겼다

칼날같이 날 선 항아리의 아픈 허리
잘려져 나간 만큼 생명들을 품고 있는,
온몸에 담겨진 웃음 분홍빛으로 환한.

시클라멘*

그대를 그리다가 타버린 까만 가슴
배반의 씨앗도 거절하지 못하고
붉은 성城 쏟는 눈물로 뿌리 내린 꽃이여

하늘에도 모두가 사랑은 아니었네
황토에 심어져 곱게 썩은 너의 육신
날개옷 벗어버리면 달빛 내리듯 그대가 올까

죽음에서 벗어 던진 천사 옷이 날리어
허공중에 내려와 땅으로 닿는 순간
자줏빛 꽃술을 깨물고 거꾸로 선 네 하얀 속살

천년이 지나도록 뽑히지 않는 사랑이리
죽어서나 안길 소망 백일하에 드러내고
꽃대궁 설레는 속살 나도 그만 눈이 먼다

* 하늘의 천사였다가 사랑을 찾아 지상에 내려와 핀 꽃. 사랑하는 사람을 위해
  벗어 던진 옷이 꽃이 되었다고 한다. 실제로 꽃이 거꾸로 핀다.

4부

엄마의 엄마

칠순 넘은 엄마에게
엄마가 있다는 걸,
나는 왜 한 번도
상상하지 못했을까,

내 큰딸 쉬어 가라고
당신 자리 내어주는.

수전증 앓고 있는
늙은 딸 걱정되어
아린 시선 보내시며
살점 떼듯 아파하는,

엄마의 엄마는 올해,
97세이시다.

바람의 몸

바람은 언제나 홀로 일지 않는다
사물과 사물이 부딪혀야 바람이 일고
손바닥 마주쳤을 때 바람이 생긴다.

서고동저西高東低 기압에 계절풍이 일어나고
음과 양이 만나야만 바람을 일으키듯
사람도 서로 통해야 바람이 생긴다.

마음과 마음이 술렁거려 바람이 일고
말과 말이 오고 갈 때 바람이 생긴다
바람은 언제나 빈 몸, 스스로를 낮춘다.

다시 서는 소리

강물이 흐르는 허름한 찻집 귀퉁이에
갈대의 그리움보다 더 깊은 침묵으로
빛바랜 가야금 하나 비스듬히 누워 있다

무대 위, 화려했던 순금純金빛 노래들이
아득한 시간 너머의 희미한 기억들로
사라진 길 끝 위에서 노을 되어 번진다

늙고 병든 뼈마디마다 가락 하나씩 꺾어지고
오동나무 입자들이 소리 되어 일어서는 밤,
바람의 수런거리는 한 스푼의 환한 갈채

훅― 먼지를 불어내고 줄 하나 퉁겨본다
뒤척이는 물줄기를 타고 온 가락들이
표표히 열두 현絃에서 은빛 강을 열고 있다

묵음黙音 2

소낙비, 하늘 아래 마음들이 분주하다

허공을 꽉 채운 물바늘 바늘들이 해진 영혼 한 땀씩 꿰맬
듯 급하게 움직인다 당황한 사람들 짧은 비에 우왕좌왕 이리
저리 후드득 서로 얽힌 얼굴들, 배 나온 아줌마의 출렁이는
빨간 티, 긴 머리 여자애 질척이는 힙합 바지, 우르르 굵게 뛰
는 꼬마 애 너덧 명, 와라락 군용색 문방구 천막이 주인을 덮
치며 펄럭거린다. 한여름 더위에 축 늘어졌던 전선이 탄력 있
는 비올라 줄처럼 또르르 ♪음표 하나씩 튕겨낸다 "복 있는 사
람은…… 오만한 자들의 자리에 앉지 아니하고……"* 오만한
자리에 앉지 아니하고…… 오만한 자리에…… 오만한……
오·만·한. 수초처럼 흐느적거리는 시간 속에서 갑자기 손
닿지 않는 곳이 몹시 가렵다 소리가 멈춰버린 투명한 2층에
서 나는,

시간의 경계를 넘은 한 마리 물고기다

* 시편 1장 1절.

80

뼈들의 노래
-라마승

몸뚱아리 던져져 허공에 핀 생들이여
죽어서야 뼈가 되는 라마*들의 넋들이
신전 앞 염불 소리에 눈뜨는 아침이다.

악기들의 예불 소리, 구름 산 출렁인다
주술 꿰인 살과 피들 무릎 꿇어 찬양하는,
위로만, 오직 위로만 몸 궁굴려 가고 있다.

뼈들의 설운 신음 악보에 그려 넣고
기나긴 ♭#♩♪♬ 되어 골짜기를 넘어갈 때
비로소 노래로 남아 춤을 추는 저 뼈들.

* 라마교 신자들은 죽어서 자기 뼈도 신을 찬양해야 후손이 잘된다고 믿는다.

시월의 귀뚜라미

비에 젖은 불빛이 골목길을 채운다

마음을 놓쳐버린 내가 자꾸만 나를 부르고

잰걸음 도망치듯이 획— 꺾어 돌아서는데,

귀뚜루루 귀뚜루루…… ㄸㄹㄹㄹ ㄹㄹㄹㄹ……

살아서 꿈틀거리는 희나리 같은 생각들

뒤뜰의 작은 창 불빛들의 소망을 묻어둔다

저물녘 교회 종소리가 빗방울을 깨트리며

쭈그리고 앉은 내 무릎에 걸리고 만다

오늘 밤, 날 찾는 마음에 무릎이 몹시 시리다

비닐하우스
-재개발 단지

하얀 파도가 굽이치는 바닷속,

용궁이 아닙니다 나무껍질 같은 어머니의 마른 등에서 배고프게 출렁이는 땀방울들, 아버지의 골 깊은 검은 이마에 고립된 바람이 부는 곳, 용궁이 아닙니다 이랑마다 고개를 쳐드는 상추랑 쑥갓이 팔려 나가야 돈이 되는 곳, 고래 같은 바람이 한번 지나면 폐허가 돼버리는 곳, 용궁이 아닙니다.

시든 배춧잎 같은 작업복 주머니가 두둑해지기도 무섭게 학비로 빠져나가는 여름이 쓸쓸합니다 아버지는 쓸쓸함을 채우다가 바닷속에서 쓰러졌습니다 그때 나는 토끼의 심장을 가져오지 못했지요.

이제 곧 이곳에 거대한 용궁이 세워집니다 바다를 거둬 가고 아버지를 거둬 가고 유년의 추억을 거둬 갈 것입니다 내 그림자 위로 벽돌이 쌓이고 커다란 행길이 지나갈 겁니다.

저, 저기 포클레인 큰 입이 하우스 한 채 삼킵니다.

못 박힌 나무

나팔꽃 수줍은 기찻길 옆 철망을 딛고
사내 하나가 나무에 못을 박는다
이윽고 펄럭이는 현수막, 살아 뛰는 물고기 같다

썰물의 개펄 달이 지고 바다 혼자 깊을 때
칼바람에 휘익—휙 지친 몸을 찢기고도
상처도 꽃으로 피는가 섬처럼 아름다웠다

살아오면서 나는 셀 수 없이 아무렇지 않게
누군가의 가슴에 대못을 박고도
출근길 구두를 닦고 태연하게 걸었겠지

바람이 불 때마다 현수막은 또 펄럭인다
대못도 옹이처럼 꿈이 되는 서녘 하늘
가을의 고해성사 같은 노을이 물들고 있다

뫼비우스의 띠

개미가 한 사람을 태우고 여행한다
지구의 그 쓸쓸하고 쓸쓸한 등을 타고
뿌옇게 일렁거리는 모래 파도 헤치면서.

날카로운 햇살이 훑어놓은 사막에
흩어진 기억 속 그 먼 꿈들이
터질 듯 팽팽한 시위, 표적을 향한다.

황야를 휘돌아 온 따가운 바람에도
생각의 봉우리에서 펄럭이는 흰 깃발,
너와 나, 뒤틀려 있어도 어차피 끊을 수 없는.

굳은살을 도려내며

발꿈치에 붙어 있는
굳은살을 도려낸다
가슴에 쌓여 있을
상처를 떼어내듯
샅샅이 긁어내고 나니
맨살이 드러난다

서투른 헛손질에 생살이 찢기지만
차라리 드러나 아픔이 있다는 것은
아직은 땅 딛는 이곳,
살아 있다는 증거.

냉정하게 곧은 선線,
좋은 것만은 아니다
실핏줄 여린 살 끝,
가끔은 통증 있고
지독히 몸살 앓아야
깊어지는 게 사는 일이다.

비 그림자

새벽녘 정류장에
서성이는 사람들,
가로등 타고 내려온
하―!
맑은 천사들,
버스에 타고 내리는 발등을
따라가는,

비목比目*

낮달 그림자의 하늘을 이고도
발등 하나 불 밝히지 못하는 등꽃 아래
어쩌면 저렇게 많은 날들, 시간이 쌓여 있을까

바람이 불어오면 뒤척이는 외로움을
계절이 돌아오면 붉어지는 희망을
두툼한 책가방 가득 주워 담기도 하다가

오랫동안 걸고 있던 내 마음의 십자가가
스르르 끊어져 절벽으로 떨어지던 날
보랏빛 슬픔의 꽃무덤이 섬처럼 호젓했다

서릿발 같은 추위가 뼛속을 뚫지 않고서야
어찌 초록의 봄을 맞이할 수 있겠나
너와의 연리지를 꿈꾼다 밤도 낮인 환한 뜨락

---

* 당나라 시인 노조린의 시에 나오는, 눈이 하나로 생김새도 넓적하여 꼭 반쪽
의 모양이며 두 마리가 꼭 함께 다녀야 한 마리로 볼 수 있다는 물고기. 요즘
은 넙치와 같은 물고기를 말한다.

시간의 뼈

-겔 37장 묵상

늦가을 나무둥치 소리 여직 달려 있다
매듭이 뚝뚝 지는 굵고 성긴 매미 울음
그 사이 하늘이 넓다
뿌리들이 보인다.

설익은 나날들도 푸르게 깊은 고요,
채우지 못한 그리움 낙엽으로 쌓이고
투명한 줄기만 남아
시월을 채운다.

시간의 뼈, 마디마디 성급히 열납悅納하고
집 떠난 알갱이 같은 하루가 모여, 모여
고요히 굽은 등 너머
먼 길을 나선다.

테트리스*

캄캄한 골방 같은 내 빈 속으로
틈만 나면 올라오는 잡념의 쓴 뿌리들,
무조건 짓누른다고 없어지는 것이 아니다.

빈틈을 잘 노려 재빨리 공격해야
부서져 흔적 없이 모두들 사라질 텐데
설익은 희나리 같은 생각의 파편들.

쉬지 않고 꾸역꾸역 출구를 만들어 오는
사막을 탈출하는 바늘구멍 낙타 같은,
아직은, 달려야 하는
절실한 언어들.

* 다양한 모양의 블록을 쌓아서 한 줄 이상 채우면 없어지며 시간이 지남에 따라 내려오는 블록의 속도가 빨라지는 퍼즐형 게임.

비 오는 날,

투명한 하늘이 내려와 쌓이는 것은

철없던 지난날 내가 흘린 그리움들.

동그란 세상 하나에

첨벙! 내가 잠긴다.

묵음黙音 4
−양민산*을 오르며

벚꽃 품에 안기어 홀로 잠든 산장 하나
산곡풍 휘어 돌아
아리는 말들에도
세상 귀 닫아건 저녁, 고요만 깊어 있다

안개비 힘겨웁게 걸어간 자리마다
선녹색 잎사귀
등 떠민 바람결에
말없이 파인 가슴이 폭포로 내려앉는다

누룩처럼 단단해진 가슴 밑 욕망을
뜨겁게 토할 뿐
뿜어낸 입김에도
타버린 시간의 혀는 말 못 하고 굳어 있다

기암절벽 타고 내린 역사의 한 자락에
몸 씻는 다저녁
안개 숲은 아득하고

발자국 산기슭으로 하나씩 밟혀간다.

* 분화구가 있는 대만의 화산.

푸른 하늘 모퉁이

십자가에 부딪힌 햇살이 터진다.

예배당 마당에 쏟아져 내려 맑은 하늘빛 바람과 열몇 살 계집애들의 웃음을 싣고 계단 위로 담장 위로 플라타너스 잎새 위로 넘실대다가 내 발등까지 그 덧니의 착한 웃음을 부려놓는다. 그제야 바람에게도 길이 있음을 나는 안다. 뛰쳐나올 수 없는 시간 속에서 셀 수 없는 발자국을 새겨놓고도 그것이 시간인 줄 모르고, 한 끼의 식사 후에 마시는 커피 한 잔이 시간인 줄 모르고, 지금 내가 살아 움직여 숨 쉼이 시간인 줄 몰랐다. 그러다가…… 저 계집애들의 한바탕 웃음소리에서 한 바가지 그리운 시간을 퍼내고 난 후, 시간의 눈물을 본다. 교회 앞 길모퉁이에서 사과 궤짝 하나 엎어놓고 호박잎이랑 상추, 풋고추를 올려놓고 파는 검게 탄 노파의 얼굴에서 골 깊은 시간을 훑어낸다.

내게 주어진 모든 것이 내 것이 아니고 지금 내가 살아 숨 쉬는 것 또한 마른 가지 끝으로 가는 시간이기에 내게 있는 모든 것들을 오늘 십자가에 걸린 눈부신 햇살만큼 빛나도록 사랑해야지. 내 사랑 전부를 곱게 접어 저 푸른 하늘 모퉁이에 걸어두어야지. 그래서 훗날, 내 얼굴에도 세월의 바람이 훑고 지나간 붉은 과즙果汁의 울음 고이걸랑 그때 꺼내봐야지.

하늘 손 하나 가득히 맑디맑은 웃음소리.

연필을 깎으며

어딜 가나 인연은 쌓기 마련 아닌가!

제 몸 깎아 제 몸 으깨어 일평생 헌신하는, 주인을 잘 만나면 지혜로운 글자를 그렇지 못하면 모양이 망가질 텐데……
이런저런 생각 하며 연필을 깎으니 이왕이면 참 좋은 주인이되고 싶다 몽당연필 되도록 희생다운 희생을 제 일생 다하도록 보기 좋게 닳게 하고 싶다. 사람이나 물질이나, 주인을 잘만나야 할 것 같다는 생각도 이 연필을 보면서 새삼 하게 된다 살면서 쓰고 쓰여지고 할 텐데, 이왕이면 선하고 정직하고아름답게 쓰고 쓰여지길 바란다.

이슬에 젖어 있는 듯 촉촉한 기분, 밤새 젖는다.

'신성한 것'의 탐색을 통해 가 닿는 '시간'의 깊이

유성호 **문학평론가 · 한양대 교수**

1

정온유 시인의 첫 시집 『무릎』(책만드는집, 2014)은, 단정하고 고전적인 음색에 '신성神聖한 것'을 향한 경건하고도 진정성 있는 마음을 담아낸 가멸찬 성과이다. 우리 시조 시단에서는 매우 보기 드문 일종의 그리스도교적 사유와 경험과 감각으로 충일하다는 점에서, 이번 시집은 매우 이채로운 풍경으로 다가온다. 2004년 〈중앙일보〉 신인문학상에 당선하며 등단한 이래 그녀는 십여 년 의 시간을 담은 이 첫 시집을 통해, 한편으로는 그녀 이름처럼 온 유하고도 단아한 마음의 갈무리를, 다른 한편으로는 내면적으로 단단한 마음의 존재론을 보여준다. 그렇게 그녀는 온유함과 견고 함, 구체성과 형이상학을 결합하려는 시적 직공積功을 일관되게

들이고 있는 것이다.

두루 알다시피, 현대시조는 비교적 안정된 시상을 정형 율격에 담는 전통적 시 양식으로 이해되어왔다. 그래서 시조 안에는 화해의 정서가 담기는 것이 가장 어울려 보이고, 그것으로부터 일탈하거나 파격하는 정서는 대체로 불편해 보이는 것이 사실이다. 그만큼 우리 문학사에서 시조는 불화보다는 화해, 새로움보다는 낯익음, 갈등보다는 통합 쪽으로 무게중심을 할애해왔다고 해도 과언이 아니다. 그런데 우리 시대가 이러한 화해와 낯익음과 통합보다는 다양성과 아이러니가 미학적 주류로 기능하는 복합성의 시대인 만큼, 우리로서는 자연스럽게 전통 양식인 현대시조의 한계에 대한 의문에 봉착하게 된다. 말하자면 지금처럼 복합성이 고도로 얽혀 있는 시대에 현대시조가 가질 수 있는 미학적 가능성에 대해 생각하지 않을 수 없게 되는 것이다. 이때 우리는 정온유 첫 시집이 이러한 현대시조의 존재론적 의문에 대한 실물적 응답의 한 양상이라고 읽을 수 있을 것이다. 그만큼 그녀는 우리 시조 미학에 빈곤하게 느껴졌던 '종교적 상상력'을 전면화하고, 시조를 통해서만 전언 가능한 심미적이고 심원한 '시간'의 미적 해석을 수행함으로써, 우리 시대에 가장 걸맞은 시조 미학의 한 가능성을 보여주고 있다. 그렇게 '신성한 것'의 탐색을 통해 가 닿는 '시간'의 깊이를 보여주는 그녀만의 세계로 들어가 보자.

2

두루 알다시피, 현대인들은 과학−기술 복합체가 쌓아 올린 물질의 신전에서 일상적 예배와 희생 제의를 동시에 치르면서 살아간다. 그 과정에서 사라져간 것이 바로 '신성한 것'의 고유한 가치와 아우라Aura일 것이다. 그 점에서 우리는, 새로운 미학적 사유를 통해, 사라져간 '신성한 것'을 회복하고 그 준거에 따라 스스로를 갱신해야 하는 시대적 요청에 직면해 있다고 할 수 있다. 이성의 타자로서의 종교 의식儀式, 언어, 경험, 지각, 상징 등에 대한 관심을 본격화하여 그것을 인간의 삶의 원리로 탐색하고 그것에 일정한 미적 위상을 부여해야 하는 과제를 떠맡고 있는 것이다. 이때 칸트I. Kant가 "인간의 이성은 어떤 종류의 인식에 대해서 특수한 운명을 담당하고 있다. 곧 이성을 물리칠 수도 없고 그렇다고 대답할 수도 없는 문제에 골머리를 앓는 운명이 그것이다. 물리칠 수 없음이란 이런 문제가 이성의 자연 본성에 의해 이성에 가해졌기 때문이다. 또한 대답할 수 없음이란 이러한 문제가 인간 이성의 일체의 능력을 넘어서기 때문이다"(『순수이성비판』)라고 말한 것은, 이성의 운명을 넘어설 수 있는 '종교적 상상력'을 우리 사유의 장 안에 끌어들여야 할 것을 암시한다. 정온유 시학은, 깊은 영혼에서 솟아 나오는 경건의 마음으로 인하여 이러한 가능성을 충일하게 보여주는 세계이다.

무릎은 신이 주신 겸손하란 가르침
마디마디 모두 꺾어 웅크려 모으는 일
신 앞에 나를 낮추어 모두 내어드리는 일.

비바람 가로지를 때, 비로소 사람은
온몸을 접고 접어 공글리고 작아진다
세상을 제 마음대로 쏘다니고 그래봤댔자.

관절 꺾인 모습들이 아름다워 보일 때는
새벽녘 예배당에 모여 앉은 무릎들
뼈마디 죄다 꺾고 붙여, 마음까지 꺾고 붙여.
　－「무릎」 전문

　'무릎'은, 기도와 굴복의 두 가지 동작을 환기한다. 그 가운데
시인은 "무릎은 신이 주신 겸손하란 가르침"이라는 진술을 통해,
'무릎'을 꿇고 간절하고 겸허한 기도를 올리는 자세를 택한다. 무
릎 꿇고 기도하면서 "마디마디 모두 꺾어 웅크려 모으는 일"에는
경건한 마음과 함께 "신 앞에 나를 낮추어 모두 내어드리는" 겸허
한 자세가 오롯이 담긴다. 다른 시편에서도 그녀는 "날 찾는 마음
에 무릎이 몹시 시리다"(「시월의 귀뚜라미」)라고 하지 않았던가.
이러한 '신성한 것'을 향한 정성과 헌신의 절차에는 "비바람 가로
지를 때" 자신의 "온몸을 접고 접어 공글리고 작아진" 시간이 가

득 담긴다. 그렇게 무릎을 꺾어 기도하는 아름다운 모습 속에는 뼈마디는 물론 마음까지 꺾고 붙이는 실존적 통증과 갱신 과정이 수반된다. 이는 "새벽녘 예배당에 모여 앉은 무릎들"이 가 닿은 충만한 영혼의 상태가 아닐 수 없다. 이렇게 '무릎'은 "제 몸 깎아 제 몸 으깨어 일평생 헌신하는"(「연필을 깎으며」) 존재들처럼, "언제나 빈 몸, 스스로를 낮춘"(「바람의 몸」) 겸허하고 경건한 마음을 깊이 은유하고 있는 것이다.

예수의 가슴 하나가 떨어져 나간 자리에

부끄러운 내 기억이 거짓 없이 드러나고

해안의 검은 선 따라 시간이 선명합니다

어둠에 감긴 몸, 한 올 한 올 풀어놓을까……,

물 주름 주름마다 겹겹이 기도가 되고

주홍빛 물든 내 영혼, 별이 되어 빛납니다

물빛 고운 사연들이 알알이 반짝이고

억겁의 시간 속 빛과 소금의 말씀들

믿음의 잔뿌리들이 단단하게 내립니다
―「낙조」 전문

해안선 따라 해가 저물고 그 낙조의 빛이 선명하게 물들어 가는 시간에, 시인은 "부끄러운 내 기억" 하나를 떠올린다. 마치 "예수의 가슴 하나가 떨어져 나간 자리"와도 같은 낙조의 풍경 속에서 시인은 "어둠에 감긴 몸"이 한 올 한 올 풀려 나오는 듯한 느낌과 마주친 것이다. 이때 '물주름'들은 시인의 '기도'를 통해 겹겹이 태어나고 있고, 이울어 가는 햇빛에 물든 영혼은 어느새 '별'이 되어 새롭게 빛난다. 이 치유와 승화 과정이 바로 정온유 시학의 핵심 에너지다. 그러한 힘으로 아득하게 번져오는 "빛과 소금의 말씀들"은, 시인의 "믿음의 잔뿌리들"이 단단하게 착근할 수 있게 해준다. 그렇게 시인은 "가을의 고해성사 같은 노을"(「못 박힌 나무」)을 배경으로 하여, "가득 말씀 피우는"(「소화불량」) 신성한 존재와의 소통과 합일을 희구하고 있다. 그래서 정온유 시학에서 하루하루의 삶은 "영혼이 씻겨지는 그 착한 시간"(「봄 편지」)으로 승화되고 있는 것이다. 그런 저녁을 지나 이르게 된 '새벽'은 또 어떠한가.

새벽이 온다는 것은,

신께서 내게 들어와

지워진 길 위에 등불 하나 밝히는 것,

없던 길 온 마음 다해 지어내는 것이다.
　　—「새벽 기도」 전문

　이 아름다운 단수 미학은, 강렬한 두 개의 잠언으로 구성되어
있다. "새벽이 온다는 것"은 과연 무엇일까? 밤이 지나고 일정한
시간이 지나 도착한 또 다른 시간의 마디일 뿐일까? 시인은 새벽
이 오는 것이 그러한 단순한 시간 이월이 아니라, 바로 "신께서 내
게 들어와 // 지워진 길 위에 등불 하나 밝히는 것"이고, 더 나아
가 "없던 길 온 마음 다해 지어내는 것"이라고 노래한다. '신神'이
그 회복과 창조의 일을 직접 수행하시는 것이다. 먼저 그것은 이
미 '지워진 길'을 다시 회복시키기 위하여 등불을 밝히는 일이다.
이는 마치 "신 앞에 두 손 모으고 / 가슴에 등불을 켠"(「복수초」)
시인 스스로의 모습을 연상시키기도 한다. 그리고 시인은 '새벽'
이 아예 존재하지 않던 길을 온 마음으로 "지어내는 것"이기도 하
다고 노래한다. 이는 신성한 존재에 의해 새롭게 창조되는 시간
을 함의한다. 이처럼 '새벽'은 신성의 회복과 치유, 그리고 새로
운 창조의 사역을 적극 은유한다.

결국 정온유 시인은 사물들 간의 사실적인 관계를 탐색하지 않고 사물들 사이의 전체적 연관을 상상하는 과정을 통해, 소소한 '존재자'들의 형식이 궁극에는 신성한 '존재'와 연루되고 있음을 탐구한다. 그녀에게 '종교적 상상력'이란, 인간이 신성한 존재와 어떤 관계를 가져야 하는지를 깊이 묻는 데서 생기는 실존적 사건이며, 그러한 시선이 마침내 다시 자기 자신으로 돌아오는 회귀적 회로를 가지는 것이다. 정온유 시인이 보여주는 '신성한 것'의 편재적 발견은, 단연 우리 시조 시단에서 가장 생동감 있는 실례가 될 것이다.

3

다음으로 우리가 읽게 되는 정온유 시학의 고갱이 가운데 하나는, 삶의 이법을 궁극으로 추구하다 가 닿는 깨달음의 영역이라고 할 수 있다. 군더더기 없는 정갈한 형식에 정제된 사유가 들어서 있는 그녀의 시편들은, 그 점에서 '시조'라는 양식이 그저 외장外裝에 그치는 것이 아니라, 호환 불가능하고 최적화한 양식임을 다시 한 번 증명하고 있다. '차'를 제재로 하여 인생론적 이치를 발견하는 다음 시편을 한번 읽어보자.

   찻잔을 받든 손에 생각 틈이 고이고

뜨거운 찻물이 겨를을 타고 흘러들어
한 모금 녹빛 게으름이 나른하게 고인다.

차茶를 왜, 타지 않고 우려낸다 하는지……!
몸 불리는 찻잎들의 춤사위를 바라보며
차향의 잿빛 묵언에 생각까지 젖어든다.

곱게 내린 저녁 빛이 코끝에 쌉쌀하여
설익은 언행들이 시나브로 길 떠나고
비워진 찻잔 가득히 고요만 남는다.
　　—「다도 시간」 전문

　여기서 "찻잔을 받든 손"은, 기도하기 위해 꿇은 '무릎'과 고스란히 의미론적 등가를 이룬다. 그 손 안에는 신성한 "생각 틈"이 가득 고인다. "뜨거운 찻물이 겨를을 타고 흘러들어" 올 때는 경건한 마음 안으로 잔잔하고 깊은 인생론적 사유가 들어선다. 그렇게 시인은 생각이 차츰 깊어지는 순간을 은유하는 것이 바로 차茶를 "우려낸다"라는 말이라는 것을 깨달아간다. 그때 "차향의 잿빛 묵언"이 가지는 '침묵'과 '언어' 사이의 심오한 긴장이야말로 '다도 시간'이 가르쳐준 진정한 '말'의 지경地境일 것이다. "곱게 내린 저녁 빛"에서 "설익은 언행들"이 사라져간 침묵의 시공간을 발견하는 이러한 시인의 감각은, "비워진 찻잔" 가득히 채운 '고요'의 차원을 더욱 깊이 사유하게 된다. 그 '고요'란, "세상 귀 닫아건 저녁, 고요만 깊어 있다"(「묵음黙音 4 – 양민산을 오르며」)라는 표현과 상통하면서, 가장 깊은 언어가 '침묵의 소리sound of silence'임을 다시 한 번 설파한다. 이렇게 '다도 시간'에 침묵으로 우려내는 삶의 궁극적 이법을 사유하는 시인의 품은, "보이지 않고 들리지 않는 색과 음과 소리가 더 많이 있음을 알았다"(「수국 아래서」)라는 깨달음을 진중하게 전해주는 사례로 기억될 것이다.

그늘은 빛의 힘이다 시들지 않는 위대함이다.

연초록 바람 서너 평, 텃밭 가득 미끄럼 타던 날, 아이들 어깨 위로 햇살들이 튕겨지던 날, 빛은 내게 더 깊은 그늘을 만들었고 그늘은 오히려 내게 큰 위로가 되었다 갈매기 등줄기 같은 먼 산 능선은 더 깊은 골짜기를 만들어 가장 짙은 그늘 속에서 만나, 다시 다음 능선을 이어 간다는 것을 알게 되었다.

지금쯤 내 몸 어디에 세포 하나 틔고 있다.
　－「그늘」 전문

시인은 '그늘'이 가지는 역설적 힘을 "빛의 힘"이자 "시들지 않는 위대함"으로 칭한다. 이처럼 '그늘'이 참혹하고 일방적인 상처를 표상하는 것이 아니라, 긴장과 경계의 영역에서 발원하는 역

설의 힘이라는 데 정온유 시학의 묘미가 있다고 할 수 있다. 이 비유적 깨달음의 명명은 시인으로 하여금, 연초록 바람이 미끄럼 타던 날 '햇살들'이 만들어내는 '그늘'의 깊이가 가장 "큰 위로"가 됨을 고백하게 한다. 마치 "먼 산 능선"이 "더 깊은 골짜기"를 만들어 "가장 짙은 그늘"을 만들고 "다음 능선을 이어" 가듯이, '그늘'은 모든 사물의 존재론적 저류底流에서 그 존재 형식을 가능케 하는 원질임을 시인은 알아간다. 그때 시인은 "내 몸 어디에 세포 하나 틔고" 있는 순간을 자각하는데, 그렇게 세포 하나가 열리는 존재 갱신의 순간에 '빛'보다는 '그늘'을, '산 능선'보다는 '깊은 골짜기'를 상상하는 시인의 깨달음이 곡진하고 풍요롭게 다가온다. 결국 이 시편에는, 삶의 굴곡이 가지는 역설적 진실에 가 닿는 정온유 시인의 경험적 지혜가 아름답게 들어차 있다. 이러한 지혜는 시인에게 "하늘만 그리느라 / 눈 들고만 살아서 / 고 작은 속삭임에 / 귀먹어 있었던 나"(「들꽃 감상」)에 대한 실존적 반성을 허락하게 되고, "가슴 끝 깊은 곳에서 묵혔던 언어들"(「미리 본 영정 사진」)을 되찾는 시간을 가져다주기도 하는 것이다.

늦가을 나무둥치 소리 여직 달려 있다
매듭이 뚝뚝 지는 굵고 성긴 매미 울음
그 사이 하늘이 넓다
뿌리들이 보인다.

설익은 나날들도 푸르게 깊은 고요,
채우지 못한 그리움 낙엽으로 쌓이고
투명한 줄기만 남아
시월을 채운다.

시간의 뼈, 마디마디 성급히 열납悅納하고
집 떠난 알갱이 같은 하루가 모여, 모여
고요히 굽은 등 너머
먼 길을 나선다.
　　－「시간의 뼈－겔 37장 묵상」 전문

　이 작품은 「뼈들의 노래－라마승」과 상호 화답의 시편이다. "비
로소 노래로 남아 춤을 추는 저 뼈들"(「뼈들의 노래－라마승」)처럼,
라마교 신자들은 죽어서 자기 뼈로 신을 찬양해야 후손이 잘된다
고 믿었다고 한다. 시인은 "나무둥치 소리"와 "굵고 성긴 매미 울
음" 사이로 넓게 펼쳐진 하늘 아래서 오랜 시간의 "뿌리들"을 바
라보고 있다. 그 안에는 "푸르게 깊은 고요"가 있고, "채우지 못
한 그리움"이 있고, "투명한 줄기"가 채워가는 늦가을 풍경이 있
다. "시간의 뼈"는 시인으로 하여금 "집 떠난 알갱이 같은 하루"
를 모아서 "고요히 굽은 등 너머"에 있는 "먼 길"을 찾아 나서게
한다. "상처가 만들어낸 길"(「산수유」) 혹은 "메마른 등뼈 같은
길"(「친정 가는 길」)을 걷는 시인의 모습은, "아득한 뼛속 깊숙이 /

가여운 기억들"(「오십견」)을 탐색하면서 시인 스스로 "살아 있다는 증거"(「굳은살을 도려내며」)가 되게끔 하고 있다. '시간의 뼈'는 그렇게 노래와 춤으로 남아 어느덧 '신성한 것'으로 전화되고 있는 것이다.

잘 알려져 있듯이, 우리는 서정시를 통해 현실에서는 전혀 불가능한 상상적 존재 전환을 꿈꾸게 된다. 그리고 일상적이고 물리적인 현실을 벗어나 전혀 다른 곳으로 이동할 수도 있다. 그 달라진 시공간에서 이루어지는 경험들은, 무한한 상상적 확장을 통해 사물로 그 권역을 넓혔다가, 다시 자기 자신으로 돌아오는 회귀적 과정을 밟아간다. '시인'이란, 이러한 자기 회귀성과 그것의 확장 그리고 궁극적 자기 발견을 욕망하는 존재일 것이다. 정온유 시인의 목소리는 '침묵'과 '그늘'과 '뼈'의 상상력을 통해, 시종 사물과 자신의 존재 형식을 탐구하고, 종내에는 내밀하고 단단한 깨달음의 순간에 이르는 과정을 기록하고 있는 것이다.

4

'시간'이란 우리의 삶 속에서 하나의 '흐름'으로 경험되고 이해되고 기억되게 마련이다. 그러나 시간의 '흐름'은 그 자체로 물리적 실재가 아니라 하나의 은유일 뿐이다. 시간은 '흐르지' 않을뿐더러 어떤 가시적 실재 또한 아니기 때문이다. 우리가 시간을 경

험하는 것은 다만 사후적 흔적을 통해서 가능할 뿐이다. 그래서
시간은 사람마다 다른 기억 속에서 재구성될 수밖에 없는 어떤
것이고, 시 안에 구현된 시간은 경험적 시간 그대로가 아니라 미
학적으로 재구성된 '작품 내적 시간'이라고 할 수 있을 것이다. 정
온유 시집은 이러한 '시간' 경험으로서의 서정시를 심미적으로
완성하는 데 매진한 결실이다.

　　낡아 있는 생각들을 하나씩 정리한다

　　쓸쓸해지기 위하여 길 나선 마음 끝에

　　구겨진 종잇장처럼 예수 하나 던져져 있다.

　　내 속에 '나'로만 너무 가득 채운 탓,

　　더께 낀 시간들을 정성스레 밀어내고

　　가볍게 들어 올리는 순수한 그 소리

　　굽이치는 파도 속 잔잔한 바다처럼

　　정제된 시간을 찾아 기도를 올리면

마음속 어디쯤에서 날 깨우는 은종 소리.
　—「서랍 속 예수」 전문

　시인은 다시 '예수'를 직접 호명하면서, "낡아 있는 생각들"을
하나씩 정리한다. 아마도 '예수'를 통해 낡은 생각을 넘어 신생의
질서를 창출하자는 의지의 발현일 것이다. "쓸쓸해지기 위하여 길
나선 마음"은, 결국 서랍 안에 "구겨진 종잇장처럼" 던져져 있는
'예수 하나'를 발견하게 하는데, 그렇게 서랍 속에 예수가 갇힌
것은 "내 속에 '나'로만 너무 가득 채운 탓"일 것이다. 이제 시인
은 시간의 더께를 덜어내고 "가볍게 들어 올리는 순수한 그 소
리"를 갈망한다. "굽이치는 파도 속"에 어김없이 "잔잔한 바다"가
있는 것처럼, 시인은 그러한 구겨지고 버려지고 갇힌 시간들을
지나 "마음속 어디쯤에서 날 깨우는 은종 소리"에 가 닿는다. 이
때 '은종'은 은은하게 울리는 '은종銀鍾, silver bell'이자 가장 은혜로
운 '은종恩鍾, grace bell'이기도 할 것이다. 이러한 '신성한 것'을 통
한 자기 갱신의 의지에 오랜 시간이 착색되고 있는데, 그 시간이
란 시인이 살아온 물리적 시간이 아니라 순수하고 성스러운 존재
에 이르기 위해 필요했던 '작품 내적 시간'일 것이다. 이처럼 정
온유 시편 안에는 '신성한 것'을 삶 속에서 완성하려는 시인의 오
랜 기다림이 펼쳐져 있다. 그만큼 그녀는 기다림을 통해 '신성한
것'을 향해 나아가려는 꿈의 세계를 밀도 있게 구현한다. 일종의
'신앙석 사아'를 내세워, 숙명적 연약한 때문에 가지지 못하는

'신성한 것'을 향한 열망을 형상화하고 있는 것이다.

　　은행나무 아래 낡은 구두 한 켤레 버려져 있다
　　행길을 뒤로한 채 돌아선 늙은 마음을
　　마을 앞 지나온 저녁 비가 소슬히 덮고 있다.

　　살아서 걸어온 길 모두 끊어버리고
　　뿌리 위에 기대고 누운 편안한 저 침묵
　　성소聖所에 들어가는 듯 생각이 깊어 있다.

　　하늘로만 솟구치던 노오란 은행잎도
　　젖어 있는 돌담길을 조등처럼 밝힌다
　　상주喪主도 문상객도 없는 가을의 뒷모습.

　　바람이 불 때마다 지워지는 몸을 끌고
　　눅눅한 신발들은 버스를 타고 떠나지만
　　수묵의 푸른 시간 속, 들국 향기 환하다.
　　　　─「가을 문상問喪」 전문

　이 시편은 소멸해가는 가을의 풍경을 '문상'이라는 죽음의 형
식으로 재구성한 삽화라고 할 수 있다. 은행나무 아래 버려져서
저녁 비에 젖고 있는 "낡은 구두 한 켤레"는 "살아서 걸어온 길"

을 끊어버린 채 "뿌리 위에 기대고 누운" 침묵으로 비쳐 온다. 시인은 그 단호한 '침묵'을 어느새 "성소聖所"로 들어가는 모습으로 바라보는데, 마치 조등처럼 떨어져 누운 은행잎도 "상주喪主도 문상객도 없는 가을의 뒷모습"을 침묵으로 어루만지고 있다. 그렇게 "수묵의 푸른 시간" 속에서 가을 들국의 향기는 환하게 번져오고, 그 침묵의 '푸른 시간'은 시인의 사유와 감각을 깊이 성숙하게 만들고 있다. 여기서도 '시간의 뼈'가 시인의 마음을 깊고 성숙하게 만드는 내질이 된다.

　서정시는 본질적으로 현재의 주체에게 '기억'되는 과거의 체험 양상이다. 그러니 그것은 현재에 계속 체험되는 과거의 기억이기도 하다. 이러한 이중의 속성(흔적으로서의 과거형과 충만한 기억으로서의 현재형)이 서정시의 원리를 이루는 시간성의 핵심이다. 이는 현재를 '기억'과 '예기prophecy' 사이의 긴장으로 해석한 랭거S. Langer의 견해와도 통하는 것이다. 다시 말해, 서정의 원리가 형상화하는 '시간'은 과거의 기억이나 현재의 순간에 한정되는 것이 아니라, 과거－현재－미래의 분절 자체를 통합해버린 '충만한 현재형'에서 구현되는 것이다. 정온유 시인은 시집 곳곳에서 "아무리 뒤척여도 그대는 먼 곳"(「그리운 바다 일기」)에 있지만, '그대'를 향한 "내가 흘린 그리움들"(「비 오는 날」)과 "황홀한 그리움 몇 개"(「흰머리」)를 온몸으로 수습하면서 "지상의 착한 이를 위한 거룩한 방 하나"(「등산길에서」)를 찾아냄으로써, 과거－현재－미래의 분절 자체를 봉합해버린 '충만한 현재형'을 아름답게 구축하고 있다.

지금까지 우리가 읽어온 것처럼, 정온유 시조 미학의 핵심은 '신성한 것'에 대한 일관된 갈망과 추구에 있고, 거기서 여러 인생론적 세목들을 파생시키는 구조를 일관되게 취하고 있다. 그 세목들이란, 삶의 근원적 이법에 대한 곡진한 깨달음을 거쳐, 시간의 깊이에 이르러서, 궁극적 존재 전환의 꿈을 노래하는 과정이다. 그것은 '신성한 것'의 탐색을 통해 가 닿는 '시간'의 깊이로 요약 가능할 터인데, 이는 우리 시조 시단에서 좀처럼 찾아보기 어려운 '구체성'과 '형이상학'의 결합 과정을 눈부시게 담고 있는 결실이기도 할 것이다. 그 세계를 때로는 온유하고 단아한 목소리로, 때로는 견고하고 단호한 목소리로 노래한 정온유 시인은, 이제 다음에 펼쳐질 자신의 시 세계를 천천히 예비하고 있을 것이다. 이처럼 완미한 내용과 형식을 갖춘 첫 시집을 상재한 그녀가, 더욱 미학적인 성숙을 기해가면서 아름다운 시편들을 써가기를, 마음 모아 기원해본다.

무릎

초판 1쇄 2014년 9월 19일
지은이   정은유
펴낸이   김영재
펴낸곳   책만드는집

주소   서울 마포구 양화로3길 99 4층 (121−887)
전화   3142−1585·6
팩스   336−8908
전자우편   chaekjip@naver.com
출판등록   1994년 1월 13일 제10−927호
ⓒ 정은유, 2014

ISBN   978−89−7944−494−0 (04810)
ISBN   978−89−7944−354−7 (세트)